Galette a une peur bleue

Lina Rousseau • Marie-Claude Favreau

Dominique et compagnie

Au secours !

Galette se réveille dans l'obscurité.
Il a tellement peur
que son cœur se met à palpiter !

Galette n'arrive à bouger
ni les bras ni les pieds.

«Où est le monstre?
Ai-je rêvé?»

Galette prend la lampe de poche
cachée sous son oreiller.

Il éclaire vite la porte.
Ouf! Elle est fermée...

Et si le monstre se trouvait sous le lit?
Galette ne peut s'empêcher de trembler.

Devrait-il fuir ou se cacher?
Il essaie d'abord de se raisonner...

« Voyons ! J'arrête de faire le bébé !
Je compte dans ma tête pour me calmer. »

Galette est un peu moins apeuré.
Peut-être a-t-il tout imaginé?

«Les monstres, ça n'existe pas vraiment,
sauf dans les livres avec des méchants...»

Galette se met à réfléchir
à tout ce qui lui fait plaisir.

Galette retrouve son courage
en s'inventant de drôles d'images.

Pour ne pas avoir peur du noir,
il se raconte une belle histoire.

« De braves chevaliers
me protègent du danger.

Avec leurs longues épées
ils veillent à ma sécurité!»

Boum! Qu'est-ce que c'est?
Ouah! Galette est de nouveau terrifié!

Les yeux grands ouverts
il ne sait plus quoi penser...

Il se penche pour regarder...

Ah ! son livre préféré est tombé !

Ouf! Galette est soulagé.
Il serre Fripon et le couche à ses côtés.

Un gros câlin à son doudou adoré
et Galette est tout à fait rassuré !

Sais-tu...

Pourquoi Galette a peur?
Que fait-il pour se sentir mieux?

Et toi, de quoi as-tu peur?